感悟与心声

王树盛 著

时雨革命史料研究中心 编

中国财富出版社有限公司

图书在版编目(CIP)数据

感悟与心声 / 王树盛著. —北京:中国财富出版社有限公司,2023.3
ISBN 978-7-5047-7913-7

Ⅰ.①感… Ⅱ.①王… Ⅲ.①诗词—作品集—中国—当代 Ⅳ.①I227

中国国家版本馆 CIP 数据核字(2023)第056650号

策划编辑	宋　宇	责任编辑	邢有涛　刘静雯	版权编辑	李　洋
责任印刷	尚立业	责任校对	张营营	责任发行	黄旭亮

出版发行	中国财富出版社有限公司			
社　　址	北京市丰台区南四环西路188号5区20楼	邮　　编	100070
电　　话	010-52227588 转 2098(发行部)	010-52227588 转 321(总编室)
	010-52227566(24 小时读者服务)	010-52227588 转 305(质检部)
网　　址	http://www.cfpress.com.cn	排　　版	保定市正大印刷有限公司
经　　销	新华书店	印　　刷	保定市正大印刷有限公司
书　　号	ISBN 978-7-5047-7913-7/I · 0356		
开　　本	787mm×1094mm 1/16	版　　次	2023年6月第1版
印　　张	10.25	印　　次	2023年6月第1次印刷
字　　数	107千字	定　　价	78.00元

时雨革命史料研究中心 编

主　　编：牛建波

副 主 编：张克俭　云姝奇　郝江天

执行主编：范秀琴　刘农化　杜亦大　李　颖

订正定稿

牛建波　云姝奇

目　录

现 代 散 文 诗

跟党勇向前

——中国共产党建党九十周年大庆颂

搬掉三座大山，

刷新中华蓝天，

放飞东方巨龙，

百姓生活巨变。

九十年，

不平凡，

大步前行，

千难万险；

九十年，

沧桑变，

铸就辉煌，

万民称赞。

二十八年苦征战，

敌强我弱，

妙计神算，

顽强奋战，

前赴后继斩妖顽。

探索向前，

曲折艰难，

有过干劲冲天跃进，

也有冷静思考缩减，

坎坷路上自开道，

悟知"四化"建。

痛失领袖举国哀，

留下残棋谁续摆？

危难之时高人点，

绝处阳光闪。

纠徘徊，

拨正航船，

驶入新阶段。

一路高歌新时代，

请进来，

走出去，

改革开放人心齐。

发展才是硬道理，

让少数人先富裕；

中国制造全球受益，

科学发展中华崛起；

开发西部巧布局，

战胜灾害抗危机，

出口内需型稳移，

持续向前不停蹄。

国土九百六十万，

人口十三亿，

超日赶美不足奇，

人民幸福排第一。

以人为本，

同奔小康，

构建和谐，

中华求统一，

古老文明永接续，

试问天下谁匹敌！

建党九十年，

路途多艰险，

业绩犹灿烂，

各族人民齐声赞；

中国共产党好，

中国共产党强，

中国共产党解放救百姓，

中国共产党执政为人民。

我们信赖共产党，

一心一意紧跟党，

跟党向前闯！

2011年4月12日

为祖国崛起叫好

——写在中华人民共和国成立六十周年大庆到来之际

一只站起来的雄狮，

一条飞腾中的巨龙，

震撼东方，

摇动全球。

中华在崛起！

奇迹般的巨变，

跨越式的发展，

功归党领导，

勋属万众一心。

在中华人民共和国，

六十华诞的喜庆日子里，

十三亿中华儿女，

无不欢腾雀跃。

他们伫立在东方，

俯视神州大地：

高楼林立天空晴朗的城市，

瓜果飘香五谷丰登的乡村，

纵横交错的高铁和高速公路，

蜿蜒奔驰在青藏高原的满载列车；

星罗棋布的水库和高峡平湖，

惠民的南水北调和西气东输，

当惊世界殊的鸟巢和水立方，

耀眼地飘扬在奥运会领奖台上的五星红旗，

神舟探月和自造航母，

都是中华骄子们力量的凝聚，

智慧的结晶。

啊！奇迹呀，奇迹！

惊天地泣鬼神的奇迹！

有了科学发展观，

更大的奇迹在后面。

崛起吧中华！

一代一代的中华骄子，

胜利属于你们！

永远属于你们！

朗诵：张清月
2009年金秋
于全国名家书画展

祝愿祖国明天更美好

——贺新中国六十华诞

看，

民族文化宫展厅满布的书画杰作！

那不仅是书画，

是赞美神州巨变的诗，

是讴歌中华崛起的曲。

再看，

那昂首长啸的猛虎，

那晴空起舞的巨龙，

那雄伟壮丽的山川，

那含露初绽的百花，

那精神抖擞的人物，

都是共和国六十年成就的写照！

在这一幅幅寓意深邃的书画前，

面对祖国盛况美景，

让我们，

激动吧！

五十六个民族的同胞！

让我们，

欢呼吧！

九州各行各业的兄弟姐妹！

让我们，

跳跃吧！

中华大地所有的男女老少！

我们骄傲地站在祖国首都的热土上，

在中华人民共和国六十华诞的喜庆日子里，

让我们同书画中栩栩如生的形象一样，

发出同一个最强音：

祖国您好，

祝愿祖国明天更美好！

2009年8月8日清晨

壮哉中华

顷刻间，

山崩地裂，

墙倒屋塌，

祸从天降。

八级地震，

震中在汶川，

撼动了中华大地，

震惊了全球华人。

震波电波，

同步飞荡，

灾情就是指令，

第一时间，

中南海紧急行动，

时不过日，

总理身现震中；

子弟兵，

志愿者，

接踵而至。

同胞们，

你们受苦了！

党中央、国务院和你们在一起，

第一位的是救人，

生命至上。

总书记急切、洪亮、暖心的声音，

在灾民耳边回荡。

孩子，

听到了吗？

不要怕，

妈妈和你在一起。

孩子微笑着依偎在母怀；

母亲倾全力紧搂着孩子。

幸存者在夹缝中顽强抗争，

满怀希望地呼唤：

救救我，

救救我，

救救我！

操着不同口音的救援者，

讲着不同语言的医疗队，

深情地回应：

挺住，汶川，

我们来了！

一场震后大搜救，

在特大地震重灾区展开。

老人背出来了，

孩子抱出来了，

孕妇抬出来了，

一个个从废墟中得救的人，

紧握着救援者的手，

声泪俱下。

血浓于水，

全球华人，

在第一时间，

伸出救援的手。

同类情深，

我们都是地球人，

不分肤色相貌，

援款善物，

漂洋过海，

齐集四川重灾区。

挺住，汶川！

加油，中国！

万众一心，

众志成城。

中华儿女硬骨头，

石砸不烂，

山压不垮，

从血泊中爬出来，

在重灾区站起来，

抗过灾难的人，

就是英雄。

壮哉中华！

全世界向你致敬，

天地与你共鸣，

同祷幸存者万福，

共为受难者壮行。

中华壮哉！

壮哉中华！

2008年6月2日
于义济汶川特大地震抗灾书画笔会上

寻觅伟人的足迹

——纪念乌兰夫同志诞辰九十周年

一、历史的评价

久经考验的共产主义战士，

党和国家的优秀领导人，

杰出的无产阶级革命家，

卓越的民族工作领导人，

是党和国家对您切合实际的评价；

中华骄子，

民族精英，

是民众对您饱含深情的称颂。

切合实际，

名副其实，

您理应受之，当之无愧。

二、总说1

寻觅您八十二个春秋的足迹：

坎坷、曲折、坚持，

挫折、失败、成功，

悲愤、痛恨、欢腾，

无一不历，

无所不经，

但是，属于您的，

只有奋发、向前、向前！

三、总说2

寻觅您八十二个春秋的足迹：

少年时代，

壮志填膺；

青春年华，

求知陶冶，

历经磨炼；

而立之年，

疆场挥剑，

雄才初展；

年近不惑，

从单刀赴会，

到舌战群雄，

诚意团结各界，

全力排除分裂，

促成千秋基业，

平等自治实现。

四、创业

寻觅您八十二个春秋的足迹：

最辉煌的时节在春天，

北国大地，

赞歌四起，

山花溢香，

牧草吐绿，

新中国第一个民族自治区，

诞生在中华大地。

五、继续战斗

寻觅您八十二个春秋的足迹：

在创造新中国的大道上，

骐骥不停蹄！

带领民众，

统帅铁骑，

在祖国解放战争的高潮中，

支辽沈、援平津，

扫除草原残敌，

迎来第一面五星红旗，

在北京升起！

六、建设新内蒙古1

寻觅您八十二个春秋的足迹：

建设新内蒙古，

比创建自治区更费力。

清除人间积弊，

改革社会首举。

废除特权，

解放奴隶，

放牧自由，

牧工牧主两利；

不分不斗不划阶级，

不同阶层皆大欢喜；

取消蒙租，

平分土地，

蒙汉一家，

旗县合一；

风清弊除，

夜不闭户，

路不拾遗，

太平盛世遍蒙地。

七、建设新内蒙古2

寻觅您八十二个春秋的足迹：

"一化三改"兴起，

"三面红旗"并举，

内蒙古有自己的实际，

具体情况具体分析，

不照搬照夸，

不一刀取齐。

步子要稳、政策要宽、时间要长，

不急躁、不盲目、讲求实际，

莫想一步登天，

社会主义不是空喊的！

八、建设新内蒙古3

寻觅您八十二个春秋的足迹：

十九年内蒙古业绩辉煌，

周总理褒奖模范自治区。

牧区人畜两旺，

农家囤有余粮，

城市生活改善，

居民不愁食衣；

经济繁荣，

文化发展，

不再手无寸铁，

高教空白已去！

九、新历史时期

寻觅您八十二个春秋的足迹：

暮年又振起，

古稀之年操国事，

耄耋志不移。

共驾巨轮进航道，

驶入历史新时期，

统战大业重治理，

冤假错案翻到底，

正气浩然贯寰宇。

倡改革开放，

建"两个文明"，

推"一国两制"，

兴市场经济，

要有中国特色的社会主义，

邓氏首功，

您助一臂。

十、制定民族区域自治法

寻觅您八十二个春秋的足迹：

各族一心聚中华，

民族区域自当家，

一生操劳求自治，

晚年躬亲定章法，

夙愿已酬自安然，

静思回味心开花。

1996年7月

于呼和浩特

沁园春·头杯敬旗手

昔日忧患，

草原多难，

蒙胞悲惨。

举目北国天，

长夜漫漫；

浩瀚北域，

马嘶雁鸣。

兴安怒吼，

青山抗争，

试问草地何时亮？

春风来，

朝阳升东方，

万民苏醒。

马背民族坚强，

英雄辈出智勇双全。

求平等自治，

前赴后继，

奋斗不息，

直至胜利！
精英开道，万民蜂起，
民族区域自治旗，
您高举！
庆功办酒席，
头杯先敬您！

2010年9月17日

德厚寿无限

东海长流水，

南山不老松，

难比您福大寿长，

春蚕到死丝方尽，

蜡炬成灰泪始干，

不抵您无私奉献。

福大寿长加奉献，

三条平行线，

相依共存，

难齐全。

三线您全占，

众人羡，

紧追赶，

德厚寿无限!

2013年5月1日
于云曙碧大姐九十大寿庆典日

"总排干"精神赞

李贵主政巴彦淖尔盟，

小平抓整顿，

讨来三道令，

要团结不要派性，

要光明正大不要搞阴谋诡计，

一定要把生产搞上去。

三项指示邓高举，

李贵巧用挖大渠，

开凿总排谈何易，

短钱少物缺劳力，

最难办的是心不齐。

李贵有主意，

挖沟是义举，

总动员、一起干，

自带工具，

镐刨锹铲，

肩担背扛，

抗严寒、战酷暑，

再难志不移，

一条总排穿东西，

灌排成体系。

河套白衫换绿衣，

禹王翘首称奇迹，

河套人乐得难抿嘴，

说它为致富垫了底。

我说总排精神贵无价，

代代承继永传续。

2012年8月28日

于内蒙古自治区巴彦淖尔市

包头今昔赞

四十年前，

第一次到包头，

我是乌兰夫的随员，

还有一位伟人

——共和国第一任总理，

他迈着矫健的步伐，

带着欣慰的微笑，

走上1513平台①，

用那旋转乾坤的手臂，

剪断年轻姑娘牵着的彩缎。

第一炉铁水出炉，

内蒙古告别手无寸铁的过去，

迎来建设新中国的春天。

那时候，

包头初建，

无风飞沙尘，

有风沙打脸。

第一代建设者，

---

① 包钢一号高炉容积为1513立方米。

不辞苦、不拒难，

艰苦作笑谈，

誓变荒漠成乐园。

四十年一瞬间，

包头大改观，

旧景难寻觅，

举目皆新鲜，

地茵茵、树成林，

芳草萋萋，

百花争艳，

楼厦拔地刺破天，

街坊无处不花园。

啊！包头，

昔日您的建设者，

是英雄！

现今您的新主人，

是好汉！

前辈奠基功显赫，

后人业绩更壮观。

1999年10月

河套儿女扬眉吐气

——纪念李贵同志诞辰百年

八百里河套，

母亲河的孩子。

生在母亲咆哮时，

长在飞沙肆虐中。

你的过去，

动荡静塞①，

头秃皮斑，

徒获得天独厚，

欲报母恩无力。

如今不同了，

排灌一体，

干支斗毛②齐，

渠沟路林地，

农田水利成体系，

耕畜退役，

铁牛顶替，

---

① 黄河水有时动荡、有时安静、有时堵塞。
② 灌溉系统水渠等级名称：斗渠、毛渠。

河套大地换装，

一片碧绿。

在旅途中我凭窗远眺，

向日葵金灿灿，

玉米吐穗银色一片。

丰收的小麦堆满场，

华莱士蜜瓜爬遍地，

农民的腰包装满钱，

乡间小村建新房，

八百里河套变了样。

母亲河赞颂你，

河套儿女，

扬眉吐气。

2015年8月

我爱你，乌海！

内蒙古西南边缘，
母亲河狮子湾中，
有一片戈壁绿洲，
有一颗璀璨的明珠。

乌海市啊！
我爱你，
爱你的一山一水，
爱你的一草一木；
爱你的顽强精神，
爱你的无私奉献。

乌海市啊！
在你初萌期，
曾留下我青春足迹，
在你幼儿时，
又留下我不惑的身影。

今天我，
揣着远去儿女的心，

怀着阔别赤子的情，

虽年近古稀却仍身体健壮，

偕同曾在乌兰夫身边一起工作的朋友，

带着活泼又天真的小孙女，

专程来看望你。

见到你娇丽的容颜，

忆起你艰难的过去，

我怎能不心潮澎湃，

热血沸腾！

曾记得，

在那一马当先万马奔腾的日子里，

你躁动于母腹，

乌达—海勃湾—拉僧庙，

像浩渺大海里的小洲，

在锣鼓喧天红旗招展下，

小洲沸腾了。

曾经缺电少水短米，

坑木头盔抬筐都供不及，

凭着一副肩膀两只手，

镐挖锹铲，

手推肩扛，

掏出沉睡的宝藏。

乌金送包钢，

为告别手无寸铁，

奉献了你的力量。

从此，

乌达——海勃湾，

海勃湾——乌达，

像两位战功赫赫的英雄，

美名传遍神州。

我也记得，

十八年后，

乌达——海勃湾，

海勃湾——乌达，

玉立戈壁的一双孪生子女，

应运合璧，

诞生了乌海市。

生的时运不利又吉利，

清除积弊迎来新时期。

在祖国危难中，

你献乌金，

又送水泥，

还有常规武器。

三年跨了三大步，

党中央国务院表扬过你，

改革开放你变成试验区，

迎来了阔步前进的春季。

又过了二十年，

在金秋季节里，

我来探望你。

高楼平地起，

广场更美丽，

市面繁华货物齐，

不再愁蔬菜肉蛋鸡。

美味葡萄评第一，

大片荒滩变绿地，

我心里怎能不欢喜。

乌海市啊！

我爱你，

作为你的第一代儿女，

我深深地向你敬个礼。

乌海人啊！

爱你的乌海市吧，

她是乌海人亲手建造的，

请你再用自己的双手，

把她的明天，

建设得更富饶，

装点得更壮丽！

1999年8月10日
于乌海市

乌海市大漠湖城

快车道上的鄂尔多斯

在祖国大西北的一片高地，

内蒙古的西南处，

有一片资源丰富的宝地——

昔日的伊克昭盟，

当今的鄂尔多斯市。

往日宝藏深埋，

大地沉睡，

地贫不长寸草，

人穷身无分文。

今日鸿运来，

富花盛开。

改革开放鸣号角，

中华崛起响春雷，

唤醒了沉睡的大地，

振奋了贫困的高原人。

"中国特色"解放了思想，

"发展是硬道理"打开了致富门。

"钱"不分姓，

来者不拒。

"羊煤土气"有灵气,

强了国家富百姓。

羊绒衫温暖全世界,

鄂电照亮北京城,

能源产品助力"中国制造",

拉动了中华崛起的大工程。

如今的鄂尔多斯啊,

为祖国的发展立了大功!

说您一步登天不夸张,

远近宾客赞美的话语异口同声。

厂矿林立,

高楼广厦,

城乡一体,

霓虹遍地,

远客疑是晨曦或晚霞!

2008年8月8日
于鄂尔多斯

快车道上的鄂尔多斯

阿拉善赞歌

阿拉善啊！

我仰慕您，

骆驼之乡，

塞外京都，

祖国宝地，

不知该怎样称呼您！

贺兰偏爱您，

苍松茂密；

吉兰泰敬重您，

银沙无底；

大漠敬仰您，

敞开她宽广的胸怀，

浮载"轻舟"万计。

金色的史卷，

记载着：

您战功赫赫，

威震西域。

引以为豪的应该是：

勤劳勇敢，

忠厚淳朴的先民，

用血与汗开辟，

浇灌了这块大地，

留给了阿拉善人，

聪明智慧，

开朗豪放的天资，

还有雄健的身躯。

我敬重阿拉善这片宝地，

更爱这里勤劳智慧的人民。

阿拉善——胡杨林里的驼群

歌颂大上两都

北京的大都，

蓝旗的上都，

六百多年前诞生的姊妹城，

不愧是一代中华儿女的壮举。

大都—上都，

上都—大都，

可记得，

曾有过他们辉煌的时期：

马帮驼铃络绎，

行商坐贾云集。

称得上是一座，

塞外塞内交融的金桥，

不愧是两面民族团结的大旗。

正蓝旗上都镇

金莲滩上，

金莲花开了。

百花丛中，

唯独她昂首含笑，

俨然一位骄傲的公主。

在雨后斜阳辉映下，

金莲滩景色美如画。

是哪位大师的杰作？

是万物之母——大地！

歌颂张家界

张家界美，

张家界奇，

美奇在哪里？

峰险嶂，

山奇丽。

险奇招来游客挤，

山巅排长队，

酒店争座席。

这都不算奇，

难比歌声和哭泣，

阿哥吟歌招娇妻，

阿妹哭泣选贤婿，

歌言泣语两相宜，

这才是真正的美与奇！

张家界

赞太阳精神

太阳，

把光和热，

洒向宇宙，

射向大地，

给万物光明，

让大地充满生机；

太阳，

按时出，

照时归，

年复一年，

从不违规；

太阳，

紧紧团结八子弟，

各按自己轨迹，

遥巡天际，

从不摩擦，

也无争议，

偶尔相互遮挡，

总是主动闪开，

悄悄离去。

无私的标兵，

守规的榜样，

团结的楷模，

处处事事，

行得端，

做得直。

可是，总有人错怪他，

出得早、落得迟，

出得迟、落得早，

昼长了、夜短了，

夜长了、昼短了，

太热了、太冷了……

太阳公公无怨无悔，

从来都是微笑着，

自觉遵守着天规，

忠诚履行职责，

默默做着该做的事。

1990年6月10日

水的赞歌

水呀！水！

你是生命的源泉，

万物的母亲。

有了你，

大地绿葱葱，

草儿肥，苗儿壮，

处处嗅花香，

啊！

伟大的母亲，

我们拥抱你，

亲吻你，

永远不分离。

水呀！水！

你是生命的源泉，

万物的母亲。

有了你，高空浮彩云，

鸟儿飞，莺儿叫，

杨柳迎风笑。

啊！

伟大的母亲，

我们拥抱你，

亲吻你，

永远不分离。

乌云

乌云，一时作乱，

冰雹、骤雨、夹杂着尘埃的雨，

无情袭击大地。

不用许久，

海风，哪怕是温柔的风，

就把它吹散。

阳光，

更加灿烂的阳光，

必再辉洒大地，

永远、永远不变！

1990年6月7日

梦想成真

百年前，

有人问：

我国何时能参加奥运会？

我国何时能夺得金牌？

我国何时能主办奥运会？

当时人称，

这是梦想！

百年后，

梦想成真！

二〇〇八年八月八日，

北京，中国的首都，

成功地举办了奥运会，

一届最出彩的奥运会！

良辰吉日连"三八"，

盛况空前。

彩凤 玉雕 长虹

清晨，

在小巷信步。

忽见一只彩凤，

天生艳丽的羽翼，

自然扭动的身姿，

如诗似画。

一眨眼，

彩凤不见了，

立在面前的，

竟是一尊，

有灵性的玉雕。

细长蓬松的披肩长发，

匀称的身段，

温柔的语言，

甜蜜的笑脸，

招人凝神。

忽晃一下，

灵性玉雕，

又不见了，

出现在面前的，

是一道长虹。

七色光弧辉映，

夺目耀眼。

欲细观赏，

犹如淑女远逝，

袅袅而去。

彩凤、玉雕、长虹，

都不见了。

留下的是，

永不消失的幻影。

影在浮现，

人在思念，

永远永远。

谒涿鹿"三祖堂"

板泉一役，

祖血洒，

染红华夏。

五千年，

中华一统，

"三祖"首功。

列强入侵逐走，

洪水猛兽战胜，

睡狮醒，

吼声震宇空，

全球愕！

建小康，

巨龙腾；

求发展，

华夏红。

雄狮醒，

精英运筹万众心凝，

冲天壮志超悟空，

九州花开香万里。

三祖并驾齐驱，

天宫报功，

玉帝惊！

2010年7月29日

谒涿鹿"三祖堂"

新乡一中赞

东逝黄河故道边，

华夏文明发祥地，

有面闪光的校牌——

新乡市第一中学。

啊！新乡一中！

少年学子向往的地方，

您是英才的苗圃，

您是栋梁的校场，

多少幼苗在您哺育下成长。

啊！新乡一中！

满园桃李花怒放，

家长老师盼喜榜，

学子笑脸出考场，

拥抱母校谢师长。

啊！新乡一中！

校史展厅多高朋，

历届同学话友情，

你说他戴学位帽，

他夸你捧专利证。

啊！新乡一中！

生气勃勃的美丽校园，

进出学子一代复一代，

代代有精英。

偎在您怀中的幸运学子，

有智慧，有灵性，

意志更坚硬。

他们如同春燕清泉，

在晴空大地，

任飞随淌。

他们的奇迹，

为这闪光的校牌，

既添彩，又增光，

校牌更明亮！

2009年秋

对父亲的赞歌

生性本软绵，

专学做硬汉。

出言粗鲁缺和善；

后代不服背后咒念，

晚年醒悟常道歉。

半生耕作晚享福，

全凭次子性孝贤。

寿高八十九，

随同老伴跟着次子转，

首都—呼市—乌海，

无疾而终在燕山。

幼少青壮父母娇惯，

苦累农事不擅长；

心灵手巧技艺全，

装鞍修犁都熟练；

读私塾上学堂，

粗通文字略懂医术，

兽医知识全，

能治畜病村民赞。

孙辈须照护严管，

自然承担，

还带外孙外孙女身不闲。

对子辈有公断，

明对幺儿幺女说：

你们二哥夫妇挑重担，

没有他俩助你们进城读书，

你们不会有今天，

恩德当永记心间。

有老父亲这样几句话，

次子夫妇苦累一笔销，

心中永甘甜。

2022年5月12日

虚龄九十二岁

于保定

会老同学刘善祥夫妇

相识七十年后重见，

头秃了，发白了，

精气神不减当年，

红光满面。

人到晚年，

怀旧忆当年。

七十年前，

同窗正少年，

来自完唐县①，

野窝②初见。

步行三百里，

途经曲阳、阜平、行唐、灵寿四县，

抵达建屏县③西柏坡，

第一顿晚餐小米饭。

南庄老乡家扎寨，

同住柴房一间，

农家院里上课，

① 完县（今河北顺平县）与唐县（河北唐县）。

② 村名。

③ 今平山县的一部分。

吃饭在露天，

广学唱歌。

曾记否？歌词是：

"红色的旗帜，

在晴空骄傲地飘荡；

人民的旗帜，

放出鲜明的霞光……"

解放区少年学子的歌声，

荡漾在滹沱河畔。

在苦难中，

我们一起成长；

在快活中，

我们共赴灿烂的明天。

回首七十年岁月，

龙的故乡，

地覆天翻。

治国发展的路，

并非一马平川，

喜忧各半，

百味俱全。

风雨过后是晴天，

庆幸你我都平安。

互勉多保重，

相约心胸宽。

笑口常开，

过好每天。

恋生怕死，

难保长寿，

乐对人生，

颐养天年。

2016年夏

书赠好友郑云江同志

白手起家，

艰苦奋斗，

拓荒物资出版；

无虑无悔，

默默奉献，

为财富出版奠基。

可歌！可颂！可敬！可叹！

2013年8月26日

颂忘年交王克林

根正苗红，

父中机元老，

母抗日老兵。

耳濡目染，

天赋精明，

不愧为做人标杆，

堪称中共党员典范。

为人诚，

办事实。

多谋善断，

精明干练。

经理档案出版，

才华初现。

看准"专业手册"畅销，

《教师手册》领先，

一书效果明显，

一再加印，

创利超百万。

全社振奋，

总结经验。

生龙活虎，

快步向前。

连续大干三年，

业绩非凡。

建社功臣名列前，

创办百社百业。

聚能人育干才，

深知经营道，

善操管理技。

助弟改营电梯，

业绩也神奇。

钢于何处都利刃，

金在哪里皆闪光。

踏平坎坷直向前，

成功之花展笑颜。

今生一世至交好，

来世也不变。

紧牵手，

克艰难，

笑颜常在。

快活每天,
天荒地老,
情深谊坚。

2022年10月

与王克林、安金星的友谊

——"二王一安"心相印

"二王一安",

幸遇档案出版。

龄履不一,

善思实干。

勇为敢当,

不期而同。

共事历短暂,

意重情深,

归属不一,

各扬其长,

效果出众。

原因何在?

真诚实在。

王一著书立说,

王二精通百业,

小安金星,

助人为乐,

交际广泛。

天高任鸟飞，

海阔信鱼游。

八仙过海，

各有所能。

人间五味，

政坛烟云，

饱经尽尝。

心不动，

志不移，

坚定的共产党员，

十足的男子汉。

物以类分，

人以志聚，

昔有"桃园三结义"，

今有"三铁心相印"。

守望相助，

相辅互依。

风吹不散，

浪打不垮，

坚过磐石。

阴霾驱散，

阳光灿烂。

刚毅的情更深，

永恒的友更甜，

让我们更紧密地拥在一起。

放声友谊赞，

真情根深，

实意（谊）久远。

2022年10月31日

悼春生表弟

——正气歌

戊子四月四，

是刻骨铭心的一天。

十时许，

兄弟二人聊兴未尽。

时值中午，

狂风骤起。

电闪雷鸣，

表弟驾鹤西去。

搅乱我心，

往事纷繁。

表弟今生一世，

平凡又非凡。

童年伴慈母，

勤耕苦读；

少年随父居天津，

求知奋进，

似金光阴逝不还；

人到中年，

身负重担，

上有双亲应尽孝，

下有稚童该照管；

身为教师重任在肩，

育桃李耕耘难得闲。

相知至交有共识：

德厚秉性端，

为人仁义谦。

心胸比海宽。

不见家私万贯，

唯有正气浩然。

2008年4月6日
双七龄表哥敬书
于保定市花园里小区

夫人李氏英淑

世俗重男轻女，

落地母欲弃。

父不依，

姑母抱起，

亲生骨肉，

分什么男女，

嫂子嫌弃，

我喜欢。

小生命得救了，

很快长成少女；

善读书爱学习，

聪明又伶俐；

有志者终成器。

男女婚嫁是大事，

一村同窗结夫妻。

幸得爱子一双，

称心如意。

贤妻良母好管家，

公职业佳好成绩。
晚年四世同堂，
天伦之乐清享。
小康生计无忧，
聊天信步自选。
每天一篇日记，
身心康健排第一。

老两口换新历

除夕，

揭下1981年的旧日历，

放在桌上，

翻来覆去，

不肯把它收起。

喂！已成过去的东西，

为啥还那么珍惜，

是被"风景"吸住，

还是为"美人"所迷？

老伴这样玩笑着问。

老翁如醉如痴地沉思，

依然自言自语：

这份日历，

记载着减少"赤字"百亿，

印下了"走上稳步发展轨道"的足迹，

在中华民族振兴的史册上，

它的页码是"一"，

在我们现代化强国的大厦上，

它是铺在地下的基石。

哈哈，老东西，

你说得有道理，

这份日历值得珍惜，

悔不该嗤笑你。

新年钟声响了，

忙把1982年的日历挂起来，

岁在半百的老伴凝视着，

又进入了沉思：

啊！一个新的年关开始了，

千里之行始于足下，

这又是新长征的重要一步，

可要迈好哇!

嗨！老东西，

你又在想什么?

噢！我在想，

这份新历，

要记录的业绩会更壮丽。

巩固成果，

提高效率，

速度快点，

步子走稳，

做到这样可不易。

没有什么了不起，

有人民十多亿，

精神抖擞，

奋发努力，

何愁泰山不移！

老伴插嘴说了这几句，

讲得合我意。

相约作老骥，

伏枥也有志千里，

待到来年除夕日，

再带着胜利的喜悦换新历。

1982年除夕

迁新居抒怀

迁新居，

话今昔，

瞻未来，

今非昔比。

七十七年前，

我呱呱落地。

那时，

娘住的是山村草屋。

五十五年前，

长子生在燕京菊儿胡同，

我住的房子是一间半，

生活还是"小包干"①。

二十六年前，

孙娃娃出生在大都北城墙根的北太平庄，

我家四世同堂，

住的是一套建筑面积六十四平米的单元房。

长子夫妇住我对面一小间，

孙娃哭声悦耳，

---

① 供给制后期。

目难眠、心欢喜。

如今新居超百平，

三居两卫一厨房，

客厅阳台落地窗，

平素老两口，

节假儿孙齐，

睡有室，

聚有厅，

沙发空调加彩电，

新居舒适生活甜，

神仙不能攀，

翁妪老骥自奋蹄，

离休不休息，

奋笔写回忆。

体健精力旺，

轿车随心旅。

精神愉快，

延年益寿。

笑口常开，

每天高兴，

心情坦荡，

后事备齐，

无悔无憾。

夫人换地难入眠，

守家养天年。

一日三餐两睡，

每天写日记。

床上做功院中练，

长久坚持成规律。

体健好记忆，

理财治家全能。

家人有福气，

不操心，

清安逸。

由大都脚下迁中新佳园随笔

给重孙女取名

——四世同堂阖家乐

电话铃响了，

"女娃，女娃！"

喜讯传开，

我当太爷爷了……

给第四辈取名，

好写、好呼、好听。

太奶奶说名叫"媛圆"，

寓意美好圆满。

赠第四代的见面礼，

太奶、姑奶上金店，

纯金长命锁，

还有小手链。

太爷爷挥毫写下"四世同堂"，

急不可待，

见第四代容颜。

2011年6月9日

人间友谊之花盛开

——庆我家又一"四辈"在大洋彼岸落生满月感

2022年10月1日,

在新中国成立七十三周年

喜庆的日子里,

大洋两岸结缘的一对青年

喜得贵子。

中华民族王姓的一家

喜气洋洋。

10月31日,

年过九旬的曾外祖父

欣喜若狂,

隔洋欢庆。

同类情自深,

人不分相貌肤色,

不区政见国籍,

更不论语言各异,

骨肉相连,

心灵交融。

割不开,

切不断，

天经地义。

人类命运"共同体"，

必然趋向，

最终结局。

无论谁说，

不管谁提，

是自然规律。

2022年10月31日
于河北保定寓所

骄傲的讲解员

我是普通人，

做的是普通事，

可我的职业是神圣的，

它催人奋进。

我读一部书，

我唱一支曲，

百读不厌，

常唱不烦。

只因为，

它是史诗，

又是真理。

你看，序厅的乌（兰夫）老坐像，

多么端庄，

多么慈祥；

两壁伴他的英雄群体，

像是在不停地呐喊：

胜利来之不易呀！

为了更美好的明天，

后来人要加倍努力。

你继续看下去，

沸腾的二十世纪，

重现在你面前。

一阵狂风暴雨，

道道电闪雷鸣。

阴云驱散，

阳光照亮无际的蓝天。

一串串逝去的人名，

一张张故人的笑脸，

激荡着我的心。

自豪啊骄傲，

骄傲啊自豪！

但不是我，

是他们，

是他们永存史册的，

伟业！

你再看下去，

打碎一个旧世界如果值得骄傲，

那太渺小了，

更值得骄傲的，

是创造一个新世界。

山鸣海啸，

天动地摇，

手无寸铁过去，

江河驯服漠地，

耕牛上宴席，

小康成奇迹。

更值得赞美的是：

民族复兴，

中华崛起！

要一代接一代，

加倍努力！

二十一世纪寄语

有一颗洁同冰山的心，

无虑无悔地，

投入你爱的事业。

持之以恒，

坚持到底。

无论你属于哪一行，

成功者，

必然是你！

回故乡"李桑"看小康

站在"大力庵""甩花树"旁，

举目东望，

远见峨山，

近有南坡火�焰，

雄峰艳丽壮观；

低头眼前，

红色记忆抗日烈士纪念坛，

沟壑成果园，

潺潺蒲阳润沃田，

民居正房一片。

进农户宅院，

油漆铁门两扇，

瓷砖满地面；

客厅沙发电视全，

厨房做饭不见烟，

餐桌美食全。

小康不虚传，

今昔两重天，

乡亲们生活大改观。

2022年夏

格　律　诗

礼赞民族精英乌兰夫

享寿八十三春秋，

党龄六十三年头；

位高国家副主席，

戎衔将军三颗星。

征程漫漫崎岖路，

业绩辉煌壮神州。

启蒙塞外青山下，

觉醒京都学潮中；

深造苏俄中山大，

赤子学成报国归。

扎根群众土默川，

阴山寒处策兵变；

抗倭救亡黄河畔，

马列历练延水边。

人到中年智勇全，

重任在肩宏图展。

征战草原求解放，

实践自治十九年；

实事求是治蒙地，

三不两利稳长宽；

国家困难伸援手，

救助孤儿逾三千；

总理褒奖众人赞，

夕阳彩霞映漫天；

改革开放辟新路，

精神抖擞胜当年。

一生操劳不知倦，

功在中华人民欢，

风范榜样齐日月，

激励千秋在人间！

2010年9月26日

秋晨伫立乌兰夫铜像前感

位高不逐誉，

品端民自尊。

世乱心不乱，

神州一巨人。

昔日隔台坐，

今谒心事纷。

是非由人说，

难得心相印。

2001年8月31日
于呼和浩特乌兰夫纪念馆

我们是朋友

——布赫同志逝世三周年祭

布赫位高人平易，

热情可亲善交际。

国家领导有规矩，

会客见人先联系。

我说见您不容易，

门卫盘查太仔细。

他说我们是朋友，

你来随意由自己。

相识一九五八年，

深交撰稿修文间。

始于乌老三基础，

延续乌研著史篇。

两人心意尽相同，

严守史实不虚构。

有人杜撰要挡住，

维护历史真面目。

重病住院心不闲，

频邀我到病床前。
临终之前留箴言，
实践证明的真知，
先人留下的灼见。
历史高度看历史，
理解包容求团结。
文章发表我心安，
至关重要是贯彻，
贯彻不下也枉然，
这就全靠你们办。
多么殷切的期盼，
多么沉重的忠言！
鞠躬尽瘁激人心，
后来晚辈世代传！

2020年5月5日

泛舟乌海湖

游艇劈浪绕湖行，

老翁似梦忆故情；

黄风沙滚尘漫天，

路上行人难睁眼；

旧貌依稀成过去，

汪洋高厦绿草坪；

面貌巨变谁人功？

大汗盛赞后世孙。

2014年6月26日
于乌海市

蒙古族儒将孔飞赞

科尔沁部一书生，
抗日救国别关东。
延水河畔学马列，
驰骋草原战顽凶。
左右风吹主义正，
铮铮铁骨真英雄。
民族复兴献智能，
中华崛起奠基功。

2010年11月11日

李思庄村首户王氏家族定居五百年祭

历史长河沧桑变，

王氏家族代代传。

兢兢业业二十代，

荣辱兴衰五百年。

回眸过去弹指间，

展望未来路漫漫。

先祖创业多坎坷，

背井离乡迫东迁。

安居乐业傍太行，

蒲阳河畔是家园。

置产建业话桑麻，

世世代代续繁衍。

晚辈追思立家训，

恳请族人记心间：

品性诚信且正直，

责任担当又勤奋，

为人厚道善睦邻，

素质进取求上进。

本家族众切牢记，
身体力行是本分。

2021年清明

清明扫墓

清明时节花纷纷，
龙传子孙祭祖坟；
亲人墓前三叩首，
祖先墓丘黄土新。
中华美德世代传，
子孝孙贤非迷信；
万里黄河有源头，
天涯游子不忘根。

1995年4月

顺平桃花节巡礼

——2008年桃花盛开时

万顷桃花红似霞，

宾客云集不为花；

春华秋实丰硕果，

桃园签约经济活。

果农洒汗播幸福，

政策惠农暖心窝；

科学管理致富路，

城乡牵手构和谐。

顺平桃花节

大召佛光赞

玉泉井水清甘甜，
古刹喇嘛佛灵现。
蒙汉一家紧团结，
世代相传密无间。

于呼和浩特大召寺

北国真情

二七四八岁正刚，
真情壮志献北疆。
笑对邪恶不失节，
留存丹心著华章。

2009年3月
于河北保定

喇嘛洞

虎踞龙盘峰刺天，
古刹神庙升紫烟。
白马铁蹄破云雾，
钢剑出鞘除妖顽。

喇嘛洞
（内蒙古土默特左旗）

世祖巡上都

青青草原遍地花，

蓝蓝天空飞彩霞。

清泉汇成滦河水，

滔滔东逝润万家。

元帝世祖来巡察，

不见鸿雁遇飞沙。

惊问沙尘欲何往？

扶摇直上闹京华。

2002年5月30日
于内蒙古锡林郭勒盟正蓝旗元上都

银川沙湖赞

雅舟芦荡舞银蛇，

翁客碧波吟赞歌。

鸟台举目天连水，

疑是东海归故国。

2000年7月6日

游西夏王陵感

古遗党项耀西夏，

今筑宏馆壮中华。

不惊王子弑淫父，

唯叹东方金字塔。

2000年7月6日

我爱张家界

——武陵源奇观赞

玛瑙铺路石英山，

剑劈群峰入云端。

神匠天功雕龙洞，

金鞭峡谷多奇观。

武陵美名扬天下，

游客兴浓聚峰巅。

无穷丽景充客目，

日落索停人忘还。

2010年国庆游览即兴

游满城大峡谷

巨岩奇石筑谷峡，

湖光山色美如画；

两代三双一竹筏，

争杆抢篙不会划。

欢言笑语难区辈，

志壮忘龄狂过娃；

登岸攀峰赏秋色，

日中就餐进农家。

2015年初秋

满城大峡谷

驼峰天池恋

高山有清泉，

圣水聚山巅。

琼浆润驼岭，

松桦生云端。

天赐兴安美，

神功造奇观。

丽景诱远客，

景醉客忘还。

2009年9月18日
于内蒙古大兴安岭阿尔山

观清西陵感

——偕农化、宋韵再游清西陵

六十一年一闪电，

再谒西陵地宫见。

当年维新图强国，

一曲悲歌慈禧弹。

往事如烟不复还，

四代后人苦熬煎。

斗转星移志不移，

龙腾虎跃神州变。

2008年4月17日

于河北易县清西陵

醉人的贡宝拉嘎

踏进内蒙第一站，

太仆寺旗贡嘎村[1]。

无际草原比天大，

茵茵牧场百花馨。

书记旗长陪宾客，

夕阳含情欲西沉。

全羊宴席酒不醉，

欢歌快舞断人魂。

---

[1] 内蒙古锡林郭勒盟太仆寺旗贡嘎村。

在乌海旧院老树下

三十五载弹指间，

旧居老树见变迁；

主人复来追往事，

不见原貌处处新。

当年黄沙前门滚，

如今林厦树成荫；

如烟往事难忘却，

老夫感慨忆当年。

2011年5月13日
于乌海

作者在乌海旧院老树下

乌克兰马林区布达瓦拉毕颂[①]

一路延伸宅两分，

苍林环绕田居中。

土肥水丰平野阔，

耕播耘收康拜因[②]。

炊不见烟风无尘，

禾茁草茂花妍芬。

旭日家鹅池嬉水，

残阳牧罢乳牛归。

—— 1993年8月13日
于乌克兰布达瓦拉毕

① 乌克兰马林区一村名。
② 俄语"拖拉机"。

功过任人议

六十春秋风与雨，

不逐名利求正义。

三世同堂无私虑，

云游清享皆随意。

何故辛劳不言苦，

君观夕阳彩霞飞。

愿做春蚕丝吐尽，

彩绸花缎人间留。

甘当老骥自奋蹄，

功过任由他人议。

1994年12月

于内蒙古呼和浩特

抒情

愿做秋叶飘，
枝头让花苞；
乐见群芳艳，
晨燕报春晓。

2022年春日清晨偶感

史训

遗弃东北不抵抗，
鬼子进关烧杀抢。
民灾国难寇嚣张，
痛心史训记心房。

游元上都遗址感

钢剑铁骑跨亚欧，

中华一统留奇功。

东方文明有元曲，

岂能只是射大鹏。

2002年8月3日
于元上都遗址

元上都遗址

太行仙境

——清榆沟一日游有感

一

山青水绿天蓝，

人去房空院闲。

远道"高僧"布禅，

雅士墨客清谈。

二

黄昏烧烤不知饱，

夜作指画忘入眠。

老翁才女山留客，

鸡啼鸟鸣梦正酣。

三

龙潭湖畔烧烤，

老少两代同欢。

雅然通宵作画，

晨风鸟语缠绵。

晨感

苍天红霞峻峰，

巨岩青松雄鹰。

春风旭日长空，

浩然正气纵横。

1979年3月17日

贺保定内蒙古商会成立

古城蒙商一家亲，

和谐相助财源进。

第二故乡展才华，

命运同体心相印。

2015年9月15日

满江红·夕阳无限好

日将西沉，

漫天红，

辉洒满地。

望清空，

彩绮绝丽，

年忘古稀。

人在青壮神驾驭，

想入非非论主义。

多虚幻，

损财又耗力，

少实际。

谁之过，

毋庸提。

吸教训，

再鼓气。

年高志不移，

上都结义。

浑善达克踩脚底，

飞沙走石又何惧。

动真的，

为蓝天绿地，

尽全力。

2002年初夏

点绛唇·故乡赏桃花有感

山野尽染，

蜂蝶振翅竞相恋。

回首当年，

旗飘人饥寒。

喜看今日，

不愁吃穿。

瞻明天，

果累农富，

春晖照完县。

1996年春

游喇嘛洞有感

青山深处一古刹，
俯视敕勒背靠崖。
三峰耸立摩天嶂，
双坡侧延卧龙墙。
岩画幸存颂奇艺，
洞佛偷生扬神功。
松涛悲诉盛衰事，
残壁怒斥那场劫。

1992年4月16日

太行老区看大美小康

——和李颖、张清月诗一首

唐梅银坊跨两县，

峡谷回转路平坦。

清流唐河东逝水，

左右峻峰刺云天。

丽景交错美如画，

沟深树密林成片。

田沃地平禾苗壮，

山村人富宅院新。

2022年5月14日

附：李颖、张清月诗

太行美景

起自唐梅赴银坊，

唐河潺潺沿谷淌。

山间平地一片翠，

川里重峦又叠嶂，

观景不忘采花槐，

峰回路转有客来。

跌宕起伏花不尽，

老少三代乐开怀。

李颖

2022年5月14日

游太行

太行美景在初夏，

爷孙三人顺河游。

耸云雄峰拔地起，

山间平川稻田齐。

峰回路转槐花现，

漫山飘香自芬芳。

大好河山怎不爱？

两袖清风乘兴归。

张清月

2022年5月14日

风水宝地李思庄

背靠西坡太行山，

侧有南坡与火焰；

双龙稳盘护蒲阳，

蒲阳支流汇东湾；

汇成蒲阳连三转，

三转围绕三片田；

村北东园大龙汪，

三片平地都高产；

望儿峪里桃儿山，

岭子峪儿大力庵；

满沟梯田紧相连，

山西丘陵莫小看；

产粮占山前大半，

风水宝地不虚传。

故乡李思庄颂

选中蒲阳畔，

李姓先定居，

继来王石刘。

世代为睦邻，

生息共繁衍。

正名李思庄，

俗称叫李桑。

背靠一西坡，

面对蒲阳河。

北有小盆地，

东北火焰山。

南出大路宽，

水丰农田沃，

村民心坦然。

故乡昔日颂

青山碧水榆满滩，
鱼游蛙跳鹰盘旋。
晨有农夫荷锄去，
暮见牛羊牧饱还。

故乡标志性纪念物——抗日纪念坛

家乡赞

——侄儿王立栓和大伯诗一首

东临弯弯蒲阳水,

西靠巍巍太行山。

一条大路贯南北,

山水相映美无边。

抬头眺望小东山,

上有石狮守家园。

气势磅礴塔山坡,

壁峭千仞入摩天。

塔山坡后有天地,

名声遐迩火焰山。

村西更有诱人景,

空前绝后大力庵。

百年古树傲风雨,

挺拔屹立岩石间。

左右两个担子眼,

二郎担山佳话传。

西山后面原生态,

野芳幽香草木繁。

久负盛名牛蹄沟，
牛郎歇脚在巨岩。
村北沃土是粮仓，
三河交汇促丰产。
村南小山桃儿坡，
松柏茂盛鸟乐园。
隔路相望桃儿山，
风水宝地有先贤。
南岗上下粮粟足，
东岗左右瓜果鲜。
三峪三岗三河湾，
宝地龙汪和东园。
名山名水不胜数，
牛道沟子王八埝。
山水环抱桑梓美，
人间胜景世外园。
愿我家乡永兴旺，
繁荣昌盛世代传。

王立栓
2022年7月12日

颂鲁哲老师

耕耘半世纪，

桃李遍九州。

欲知苦中乐，

喜眺黄花秋。

1986年11月3日

忆童年在故乡

四季家家忙，

户户缺食粮。

老人累弯腰，

稚童饿断肠。

难忘童年时光

记得幼少在故乡，

同龄伙伴常骂娘。

贵在童心无邪念，

打打闹闹情意长。

古稀重见童年朋友

瑞山八斤虾米酱，

砍柴割草捉迷藏。

白头重聚忆童年，

竟把夕阳当朝阳。

挚友同窗

踏遍神州走西洋，

酒肉之交散场凉。

谁是同甘共苦人，

自当至交又同窗。

情厚缘薄

丁亥丙寅年肆零，

一代新人故人情。

狼牙苍柏拒马水，

源流不尽松长青。

1986年9月27日
见绍英同学的女儿冬梅时偶成

自叙

犊牛落地随母走，
雏鸡脱壳自觅食；
我吃娘奶整四年，
身健体康超彪虎。
童年上学在露天，
习作无桌膝上练；
养就一生不怕苦，
好学苦读自成材。

八十寿日抒怀

年逾八旬不言老，
余生加岁重计算。
儿孙各忙各自业，
老翁自乐凭诗篇。

寿星又

雅指墨韵留真情，
然妙牡丹贺寿星。
祝愿捌零添新岁，
寿过南山不老松。

2011年3月31日

自画像

童幼苦读在露天，
作业复习爬炕沿。
虚龄十八始执教，
犹如再学与读研。
年过八旬身板硬，
增岁添寿另计算。
吃穿不愁无忧事，
命好运佳乐悠然。

喜寿感言

双柒一挥间，

回首五味全。

诚交四海友，

勤耕文墨田。

自慰无虚度，

笑对他人言。

酷爱夕阳红，

辉尽落西山。

同乡情深

四月鹿城暖融融，
故交新识喜相逢。
琼浆佳饮话往事，
畅言挥墨叙乡情。

于包头同乡赵永科家聚餐时即兴

王氏族谱序

树立志自强，
祖传睦孝贤。
倡导勤奋俭，
育成德义善。

乡情

岁差两代同辈分，
根在一村情自深。
初面已晓趣相近，
品文更觉是知音。
是非坎坷烟云去，
筋强骨硬逐瘟神。

2016年4月25日
与乡弟运兴商榷

盼家族兴旺

上溯多世皆平庸，

唯有玉成取功名；

树辈初露多才智，

但苦寿短业难成。

寄望晚辈多贤良，

又逢独子少人丁；

不求上苍力抗争，

世代传承见奇功。

2010年秋回故乡晨思

忆母臧忠兰

三岁失母幼可怜，

三男三女生计艰；

天性倔强不示弱，

半生辛劳聚家产；

有幸子孙守孝道，

晚享天伦乐陶然；

子孙满堂心自欢，

重病弥留喜讯传：

次孙给添重孙女，

脱口而出叫金玉，

过后三天改玉娥；

两名未叫心意在，

取名永留作祭奠。

2003年正月十四
生母诞辰百年祭

挽王家一代良母门氏凤兰

改两代单传，
育一女两男；
壮王家一门，
功德存千古。
传先祖美德，
守穷家寒舍；
饮尽人间苦，
树一代正风。

族侄树盛敬挽
2005年春

人生难得是同宗

——写给本家众兄弟

人生难得是同宗，

骨肉亲情苍天定。

相关互照乃本分，

同根共祖自当亲。

2002年8月19日
于北京

小馆吃烧卖

钢路一小馆，

烧卖聚群仙。

青壮话百业，

翁妪忆当年。

2001年9月2日
于内蒙古呼和浩特

拜读荣竹林兄诗作感

才志诗文见，

耕耘功底深。

唯恨相识晚，

幸遇秋知音。

2001年9月1日
于呼和浩特乌兰夫纪念馆

为干女儿雅然指画牡丹题

妙指牡丹傲晓春，

七彩墨韵醉人心。

寿在捌零不认老，

花季复来岁更新。

2011年3月31日

· 139 ·

忘年交

忘龄结友身永康，

年长日久见真情。

交友唯求德性好，

终生至交凭厚道。

惜别

——为芳子兄而作

暮雪扬扬留君意，

晨雾昭昭叙别情。

相对无声心有语，

赤叶黄花共秋风。

1999年2月12日

于乌克兰基辅芳子新居

小聚偶成

青城冬寒小店暖，

蒙汉融溶一家亲。

老少三代喜相聚，

美酒欢歌难尽兴。

共祝尊长康乐福，

同庆天缘结新亲。

齐心圆我中国梦，

团结统一铸忠魂。

2015年12月13日
于内蒙古呼和浩特

老友重会

阔别四十年，
白头重相逢。
相见不相识，
报名忆故容。
互倾沧海事，
语罢日过中。
合影作留念，
再见待叶红。

答青年朋友赵振方

元都五月杨柳青，
把酒寒舍情意浓。
交友何须论龄辈，
亘古知音自成朋。

1990年5月

附：

赠尊师

三月桃花缀京华，
访师问友太平庄。
谈史论道嫌日短，
往事悠悠皆文章。

赠尊师密友树盛
赵振方
1990年4月20日

同学聚会有感

烽火连天皆同窗，
舞枪挥毫志四方。
大地自转一万四，
就成重聚意深长。
师生战友多残阳，
回首当年多沧桑。
伏枥老骥志不减，
振兴中华谱新章。

1986年11月2日

赏蒋宝山公仿毛体书法集有感

历代书法无数家，

独有毛体最潇洒；

狂放有章不坠俗，

筋骨刚劲自成家。

喜得蒋公仿毛集，

细品韵味知功底；

悔我当年无长性，

欲步后尘恨悟迟。

2008年6月3日
于浙江石浦

为李颖题

聪明诚实加干练，

难得三项都齐全。

刚毅勤奋不惧难，

长处优点纯天然。

君善儿玥前世修，

毕生厚道福自来。

不求春日艳阳天，

唯争此生平安度。

2010年秋
于北京

附：

和大伯诗一首（为李颖题）
——读稿偶成

为人诚恳处事谦，

聪明干练勇争先。

勤奋敬业耕不辍，

· 146 ·

性格刚毅不惧难。

交往和睦如亲人，

尊老携幼交口赞。

轻歌曼舞留倩影，

书法苍劲得真传。

毕生厚道福自来，

竟看明日艳阳天。

王立栓

读红芳牡丹

越看越入神，

满目丹青春。

谁令我陶醉？

独因花王魂。

2008年3月26日

钻石婚自庆

青梅竹马共童年，
乱世同窗多磨难。
花季良缘结伉俪，
翁妪白发双体健。
政坛烟云随风去，
官场喧嚣作消遣。
无忧残生自来福，
胸坦心旷享天年。

2010年8月11日

和干孙刘欢贺寿

人活精气神，

加岁志当坚。

残阳知时短，

辉光自犹灿。

2022年3月31日寿日即兴

附：

贺干爷爷九十一华诞

耄耋志不改，

鹤发心更雄。

老骥行千里，

奋笔铸汗青。

刘欢
2022年3月31日

与外孙女清玥有个约定

心高志远逐大业，
聪颖勤奋必成材。
生在燕都中原长，
成才北国敕勒川。
幸有慈母善培养，
幸得老翁频指点。
胸储雄图勇突破，
铸就宏绩超前贤。

2016年元月16日

中秋颂

微风枝摇送清爽，

天蓝星灿圆月亮。

田野五谷籽实满，

餐桌瓜果月饼全。

远游子孙往回赶，

千家万户乐团圆。

众民高歌颂明月，

群仙放声庆丰年。

2022年元中秋日
九二翁老盛自乐

后　记

　　本诗集多为著作者应景作品，多数曾在报刊发表，部分是首次发表，由著作者身边的工作人员精心收集，汇总而成。封面照片，是著作者近家族弟弟王树敏驾车到西坡，选最佳位置拍摄的村景。

　　出版前，经由与著作者长期交往的诗词爱好者阿木兰、康忠厚、云姝奇、范秀琴、康小林，著作者侄儿王立栓，以及中国财富出版社社长王波等认真订正。内蒙古企业家兰虎成、邢文热心支持了出版经费。我们在此对关心支持本诗集出版的单位和人士，谨表衷心感谢。

时雨革命史料研究中心

2023年2月27日